Manuel Ramos Martínez
AM UFER DER DONAU
A Orillas del Danubio

NOTAS

La traduccion de las poesías fue posible gracias al apoyo de la Cancillería Federal de la República de Austria.

Die Übersetzüng der Gedichte ins Deutsche wurde durch Unterstützung des Bundeskanzleramtes ermöglicht.

ISBN 3-900 799-334

1. Auflage 2000

Medieninhaber, Herausgeber und Verleger:
Verband Wiener Volksbildung – Edition Volkshochschule
1150 Wien, Hollergasse 22

Mit Unterstützung der Stadt Wien (Magistratsabteilung 13 – Abteilung für Erwachsenenbildung und außerschulische Jugendbetreuung)

Umschlaggestaltung: Manfred Domschitz
Layout: Franz Draxler
Druck: Manz Crossmedia GmbH & Co KG, 1051 Wien

Manuel Ramos Martínez

AM UFER DER DONAU

A Orillas del Danubio

Übertragung der Gedichte ins Deutsche von
Hannelore Biricz

Grafiken von Manuel Ramos Martínez

EDITION VOKSHOCHSCHULE

INDICE / INHALT

Sin la luz fosforescente
y las lágrimas de mi pueblo

Sin la amistad y solidaridad
de mis amigos

Sin mis padres que dan vida
a la vida

Sin el árbol
sin sus frutos

Sin el amor al amor
hubiese sido imposible
escribir estos poemas

Manuel Ramos Martínez

Ohne das phosphoreszierende Licht
und die Tränen meines Volkes

ohne die Liebe und die Solidarität
meiner Freunde

Ohne meine Eltern
die dem Leben das Leben geben

ohne den Baum
ohne seine Früchte

ohne die Liebe zur Liebe
wäre es mir unmöglich gewesen
diese Verse zu schreiben

Manuel Ramos Martínez

Prólogo

Debido a la situación geográfica, en medio de europa, Austria fué desde el año 1945 el punto de encuentro para olas de refugiados y movimientos migratorios. De esta forma Viena se ha presentado por un lado como una ciudad abierta que ofreció una estancia intermedia y segura a las personas en el camino a la libertad y por otro recibió a estas personas ofreciendoles radicarse. En cualquier ciudad donde viven seres humanos existen problemas. Quien dice que los problemas de estas personas son solo por el origen de cada una de ellas, no conoce la realidad.

El „Verband Wiener Volksbildung“ tiene empleados de más de 25 nacionalidades y trabajan sin que hayan problemas por sus diferentes origenes. En este sentido entendemos integración como un proceso dinámico de la sociedad, que necesita la participación de todos nuestros ciudadanos para romper con las desventajas existentes, tomar en serio las amenazas y el miedo e indicar las ventajas y el potencial.

„Unos con otros“ es decir juntos en la ciudad significa en el siglo 21 aceptar que las ciudades, también de europa, sean de multicolor.

Un factor importante para un mejor „unos con otros“ en la ciudad es la comunicación y con esto la adquisición del idioma. Por este motivo los „Centros de vulganización científica de Viena“ (Wiener Volkshochschulen) participan en la ofensiva lingüística de la ciudad de Viena para que las personas de otros paises y con otro medio cultural aprendan el idioma Alemán facilmente. Al mismo tiempo se encuentran cursos y actividades en los programas del Verband Wiener Volksbildung en más de 70 idiomas. Aquí no se ofrece tan solo aprender el idioma, sino que también la comprensión de los paises y sus culturas. El Español es una de las lenguas más ofrecidas, no tan solo porque muchos austriacos hacen vacaciones en ese lindo país, sino que en el marco del proceso de integración europeo el aprender idiomas tiene cada vez más importancia.

Este libro con poemas en dos idiomas induce también a que podamos aprender el Español y puede ser una ayuda para familiarizarse con este idioma. Lea los poemas, busque una u otra palabra, forme hipótesis y juege con el idioma, después lea la traducción en Alemán y enprenda una nueva aventura.

Zum Geleit

Österreich war seit 1945 aufgrund seiner geographischen Lage inmitten Europas sehr oft Anlaufstelle für Flüchtlingswellen und Wanderungsbewegungen. Dabei hat sich gerade Wien als offene Stadt profiliert, die den Menschen entweder sichere Zwischenstation auf ihrem Weg in die Freiheit war oder sie überhaupt aufgenommen hat. Wo Menschen zusammenleben wie in einer Großstadt, gibt es Probleme. Wer die Probleme allein auf die Herkunft der Menschen zurückführt, erkennt diese Normalität nicht. Im Verband Wiener Volksbildung sind MitarbeiterInnen aus 25 Nationen beschäftigt, ohne dass es Schwierigkeiten aufgrund dieser unterschiedlichen Herkunft gibt. Auch aus diesem Grund verstehen wir Integration als dynamischen, gesellschaftlichen Prozess, der der Mitwirkung aller in unserer Stadt bedarf, der bestehende Benachteiligungen abbaut, der Bedrohungen und Ängste ernst nimmt und der auf Chancen und Potentiale hinweist. Miteinander in der Stadt heisst, im 21. Jahrhundert zu akzeptieren, dass die Städte – auch in Europa – „bunter" werden.

Ein wichtiger Beitrag für ein besseres Miteinander in der Stadt ist Kommunikation und damit verbunden der Spracherwerb. Deshalb beteiligen sich die Wiener Volkshochschulen an der Sprachoffensive der Stadt Wien, um Menschen aus anderen Ländern und Kulturkreisen das Erlernen der deutschen Sprache zu erleichtern. Gleichzeitig findet man im Programm des Verbandes Wiener Volksbildung Kurse und Veranstaltungen in mehr als 70 Sprachen. Dieses Kursangebot vermittelt nicht nur die jeweiligen Sprachen, sondern darüber hinaus das Verständnis für diese Länder und Kulturen. Spanisch gehört zu jenen Sprachen, die am öftesten angeboten werden. Nicht nur weil viele ÖsterreicherInnen ihren Urlaub in diesem schönen Land verbringen, sondern weil im Rahmen des europäischen Integrationsprozesses das Erlernen von Fremdsprachen eine immer grössere Bedeutung bekommt.

Das vorliegende Buch mit den Gedichten in zwei Sprachen verleitet vielleicht dazu, Spanisch zu lernen, kann auch zusätzliches Hilfsmittel zum Spanischlernen sein. Lesen sie die Gedichte, schlagen sie das eine oder andere Wort nach, bilden sie Hypothesen und spielen sie mit der Sprache, lesen sie dann die deutsche Übersetzung und begeben sie sich in ein weiteres Abenteuer.

Aprender idiomas es siempre confrontarse con la cultura y la lengua, sumergirse en algo nuevo, a veces en algo extraño y desconocido. Aprender idiomas por otro lado da (casi siempre) mucho gusto, sobre todo si nos confrontamos con la literatura. En este sentido les deseo mucha diversión con este libro de poemas.

GR Dr. Michael Ludwig
Presidente del Verband Wiener Volksbildung

Sprachen lernen ist immer die Auseinandersetzung mit Kultur und Sprache, immer ein Eintauchen in etwas Neues und manchmal in Unbekanntes und Fremdes. Sprachen lernen macht aber auch (fast) immer Spass, besonders dann, wenn wir uns mit Literatur auseinandersetzen. In diesem Sinne wünsche ich ihnen viel Vergnügen mit den Gedichten in diesem Band.

GR Dr. Michael Ludwig
Vorsitzender des Verbandes Wiener Volksbildung

Prefacio

El pensador dominicano P. Henriquez Ureña señaló la vital diferencia que separa al „Homme de lettres“ europeo del „Hombre de letras“ en Hispano america. Al primero, podría considerársele como el intelectual ilustrado. Al segundo, como el intelectual vinculado muy intimamente a la vida pública. De modo similar se expresó el escritor mexicano Alfonso Reyes al hablar sobre el que hacer intelectual en América: „la inteligencia americana está más avezada al aire de la calle, entre nosotros no hay, no puede haber torres de marfil“. Orientar una biografia de Mannel Ramos en ese orden de ideas parece mas apropiado que simplemente enumerar algunas fechas y lugares. Efectivamente, Manuel Ramos „el marino“, es un ser escritor, al cual no se puede separar de su ser humano. Su actividad intelectual es simbiosis plena con su vida diaria. Los hechos de su biografia y sus poesías a si lo demuestran: Manuel Ramos nació en Antofagasta, Chile. Su compromiso con los problernas sociales de su país le valieron cárcel y destierro. Desde su estancia en Viena, ha sido fundador del „Primer taller de Autores chilenos“, coordinador de la Asociación Latinoamericana de autores ALA; director de publicaciones tales como „Revista Literaria Mariposa“„ de la revista „La Barca de Papel“ y creador junto al músico Luis Parra del programa „ Poesía Cuento y Canto Latinoamericano“ en Viena. Realizó con el escritor austríaco Wolfgang Ratz una lectura de poesía con el título „Zwischen zwei Kontinenten“ en la Amerlinghaus. En 1995 participó en la inaguración del proyecto „¿Qué lejos está Viena“?, organizado por la Österreichische Literaturhaus.

En 1996 recibió el primer prernio en el „Concurso Internacional de Cuentos para Niños“. Ha publicado el cuaderno de poesía y cuento „Hijos de la Geografia“ (1985), el Calendatio Gráfico Poético de la Solidaridad (1987), y el „Calendario poético“ (1997). Como pintor tomó parte en la exposición de gráficas „Flores en el Danubio“ (1988).

David Garcia

Vorwort

Der dominikanische Denker P. Henriquez Ureña zeigte einmal den fundamentalen Unterschied zwischen dem europäischen „Homme de lettres“ und dem lateinamerikanischen „Hombre de letras“ auf. Ist der erste ein aufgeklärter Intellektueller, ist der zweite eng dem öffentlichen Leben verbunden. Ähnlich drückte es auch der mexikanische Schriftsteller Alfonso Reyes aus, als er über das intellektuelle Leben in Amerika sagte: „Die amerikanischen Intelligenz ist vertrauter mit dem Mann von der Straße, bei uns gibt es keine Elfenbeintürme und kann es keine geben.“

Auch eine Biographie von Manuel Ramos kann in diesem Sinne nicht aus einer bloßen Aneinanderreihung von Daten und Orten bestehen. In der Tat ist Manuel Ramos, der „Seemann“, als Dichter nicht von seinem menschlichen Sein zu trennen. Seine intellektuelle Tätigkeit entfaltet sich in voller Symbiose mit seinem täglichen Leben. Dies zeigen seine biographischen Fakten und seine Gedichte: Manuel Ramos erblickte in Antofagasta, Chile, das Licht der Welt.

Sein Engagement für die sozialen Probleme seiner Heimat trug ihm Kerkerhaft und Verbannung ein. In Wien gründete er die „Erste Literaturwerkstatt chilenischer Autoren“, koordinierte die Vereinigung Lateinamerikanischer Autoren ALA und gab die literarischen Zeitschriften „Mariposa“ und „Barca de Papel“ heraus. Gemeinsam mit dem Musiker Luis Parra schuf er das Programm „Dichtung, Erzählung und Gesang aus Lateinamerika“. Zusammen mit dem österreichischen Dichter Wolfgang Ratz realisierte er im Amerlinghaus die Lesung „Zwischen zwei Kontinenten“. 1995 beteiligte er sich an der Eröffnung des Projekts „Wie weit ist Wien“ des Österreichischen Literaturhauses. 1996 wurde er mit dem ersten Preis des „Internationalen Wettbewerbs für Kinderliteratur“ ausgezeichnet. Zu seinen Werken zählen die Anthologie „Hijos de la Geografia“ (Söhne der Geographie. Lyrik, Prosa, 1985). Er verfaßte und illustrierte einen „Calendario gráfico Poético de la Solidaridad“ (1987), und „Calendario gráfico Poético“ (1997). Als Maler beteiligte er sich an der Ausstellung „Exposición de Gráficas Flores en el Danubio“ (1988).

Deutsch von Wolfgang Ratz

De Capitán a Capitán

Cuando pienso en Manuel Ramos asocio en seguida la imagen del marino. Todos sabemos que antes de descubrir el mundo de la poesía navegó realmente bajo pabellón chileno, de ahí probablemente su amor a la naturaleza, su compromiso con la ecología y su espíritu de compañerismo. Sabemos también que la revista literaria (publicada por la Asociación de Autores Latinoamericanos ALA y la Casa Cultural Colombiana CCC) que Manuel viene dirigiendo desde el comienzo de los años noventa fue bautizada por él muy acertadamente „La Barca de Papel". Sin embargo la imagen del marino en mi opinión se presta para una interpretación aún más amplia y más profunda.

Navegando ya por las aguas dulces del recuerdo, ya por los mares y abismos de los sueños, Manuel nos conduce a puertos y playas de su vida real e imaginaria. Un paisaje que surge frecuentemente en sus versos es el de la mujer, mujer amante, mujer compañera, mujer poetisa como Alfonsina.

Aún más emociones transmite su voz cuando nos habla del destierro, cuando expresa la nostalgia por su país lejano y su condición de emigrante, pero también la inspiración que le ha brindado esta ciudad a orillas del Danubio.

Otra constante en la vida de Manuel es la búsqueda por almas gemelas, personas dispuestas a embarcarse con él rumbo a nuevos horizontes de la poesía. Como buen marino sabe que no hay viaje sin tripulación. Ya somos muchos los que – como yo – hemos compartido esta aventura.

En este munclo actual de la literatura – a menudo frío y formalista – Manuel es un poeta singular: su verso vibra de una musicalidad que no vela el contenido, su palabra es aromática mas no perfumada, su expresión a veces patética, pero nunca vacía. A diferencia de muchos que frecuentemente barajamos palabras con cierta ligereza, Manuel las escoge con respeto y amor para armar una frase, un verso, un libro, donde este respeto y este amor siempre están presente.

No puedo hablar de este poeta sin destacar su afinidad espiritual con los niños.

Jamás ha traicionado su infancia, salvando así parte de la nuestra. Por ello creo que al verle, plantado aparentemente en tierra firme,

Von Kapitän zu Kapitän

Wenn ich an Manuel Ramos denke, kommt mir zu allererst das Bild eines Seemannes in den Sinn. Natürlich wissen wir, daß er vor der Entdeckung der Welt der Poesie tatsächlich unter chilenischer Flagge die Meere befuhr, was wohl seine Naturliebe, sein Engagement für die Ökologie und seine Kameradschaftlichkeit erklärt. Auch wissen wir, daß er die von der Vereinigung Lateinamerikanischer Autoren ALA und dem Haus der kolumbianischen Kultur CCC herausgegebene Literaturzeitschrift, die er seit Beginn der 90er Jahre leitet, sehr zutreffend „La Barca de Papel“ (Das Papierschiff) taufte. Und dennoch meine ich, daß das Bild des Seemannes noch eine weiter gefaßte und tiefergehende Interpretation verträgt.

Manuel führt uns einmal durch die sanften Fluten der Erinnerung, ein andermal durch die Meere und Abgründe der Träume an die Häfen und Küsten seines realen und imaginären Lebens. Häufig taucht aus seinen Versen die Frau als Geliebte, Gefährtin und Dichterin, wie es Alfonsina war. Noch mehr Gefühl vermittelt seine Stimme, wenn sie das Exil beklagt und die Sehnsucht nach der fernen Heimat und sein Emigrantenschicksal zum Ausdruck bringt, doch auch von der Inspiration spricht, die ihm in der Stadt am Donauufer zuteil wurde.

Ein anderer ständig wiederkehrender Faktor in Manuels Leben ist die Suche nach verwandten Seelen, nach Menschen, die bereit sind, mit ihm die Fahrt zu fernen Horizonten der Dichtung anzutreten. Als guter Seemann weiß er, daß es keine Reise ohne Besatzung gibt. Viele von uns haben bereits – wie ich selbst – an seiner Seite dieses Abenteuer unternommen.

In der Welt der zeitgenössischen Literatur – die nicht selten kalt und formalistisch wirkt – ist Manuel eine singuläre Erscheinung: seine Zeilen atmen eine Musikalität, die den Inhalt nicht verschleiert, sein Wort ist aromatisch, doch nicht parfümiert, sein Ausdruck oft pathetisch, aber niemals hohl. Zum Unterschied von vielen, die wir oft mit Worten um uns werfen, ohne den gebotenen Ernst aufzubringen, wählt Manuel seine Worte mit Achtung und Liebe, um einen Satz zu bauen, einen Vers oder ein Buch, wo diese Achtung und Liebe für immer fühlbar bleiben.

los niños saben y sienten que en el fondo Manuel está parado sobre la cubierta balanceante de un barco – y como los niños también los amigos de la poesía y los amigos de Manuel sabemos y sentimos que esta nave vuela por el océano inmenso de la fantasía.

¡No olvides de echar el ancla de vez en cuando, que aquí hacen falta capitanes como tú!

Viena, 1999 Wolfgang Ratz

Ich kann nicht über diesen Dichter schreiben, ohne seine spirituelle Beziehung zu den Kindern zu erwähnen. Indem er seine Kindeit nie verrät, rettet er auch einen Teil der unseren. Deswegen denke ich, daß die Kinder, wenn sie ihn scheinbar auf festem Boden stehen sehen, wissen und fühlen, daß Manuel in Wahrheit auf dem schwankenden Deck eines Schiffes steht – und wie sie wissen und fühlen auch wir, die Freunde der Poesie und Freunde des Poeten, daß sein Gefährt den unendlichen Ozean der Phantasie durchmißt.

Vergiß nicht, von Zeit zu Zeit den Anker zu werfen! Wir brauchen Kapitäne wie dich.

Wien, 1999 Wolfgang Ratz

m Ramos m.

QUERIDA SOLEDAD

Ahora estoy aquí, en Viena. Tú también estás aquí, pues Santiago de Chile, Londres, Viena o París son sólo palabras y los kilómetros sólo cifras.

Tú vives en la calle de la amistad y yo también vivo allí. Pues nosotros tenemos un solo país, el se llama mundo y su apellido es ser humano.

GELIEBTE EINSAMKEIT

Und nun bin ich hier in Wien. Auch du bist hier, denn Santiago de Chile, London, Wien oder Paris sind nur Wörter, und die Kilometer sind nur Zahlen.

Du wohnst in der Straße der Freundschaft, und auch ich wohne dort, denn wir besitzen nur ein gemeinsames Land. Es nennt sich Welt und trägt den Namen Menschsein.

A ORILLAS DEL DANUBIO

Quizás sea el invierno con sus doce grados bajo cero, con sus mañanas grises, con sus cuervos negros.

Quizás sea la luz de la primavera que se precipita como una lluvia áurea sobre nuestros sentimientos, y el verde que sube repentino hasta nuestros corazones inundándolo todo.

Quizás sean los violines de Noviembre, el amor de Otoño o el estímulo llegado en la última carta desde el país lejano.

Seguramente es todo esto y mucho más. Porque también es la necesidad hecha inspiración, el vacío cultural transformado en impulso y como resultado este instante donde juntos lanzaremos esta hoja de papel por la ribera del Danubio que bajando rebosante de aguas, con su esperanza y aroma estimulante nos incita a la creación.

AM UFER DER DONAU

Vielleicht liegt es am Winter mit seinen zwölf Grad unter Null, mit seinen grauen Morgen und seinen schwarzen Raben.

Vielleicht liegt es am Licht des Frühlings, das wie goldfarbener Regen vor seiner Zeit auf unsere Gefühle fällt, und am Grün, das sogleich unsere Herzen erklimmt und alles überflutet.

Vielleicht liegt es an den Geigen im November, an der Liebe im Herbst oder vielleicht spornt der letzte Brief uns an, der eintraf aus dem fernen Land.

Gewiß liegt es an allem zugleich und an vielem mehr. Es liegt nämlich auch an einem Bedürfnis, das zu neuen Ideen führt, an einem kulturellen Vakuum, das zum Impuls wird und diesen Augenblick entstehen läßt, in dem wir gemeinsam dieses Blatt Papier vom Ufer in die Donau werfen, die es flußabwärts trägt, und uns mit ihrer Hoffnung und ihrem belebenden Geruch zu Schöpferischem anregt.

m Ramos m.

CUANDO REGRESE, MORENA

Cuando regrese
a mi espacio robado
a mi espacio ultrajado
a mi pueblo de ayer
y de hoy
quiero verte morena
quiero verte en el valle
que un día
juntos regamos
en lágrimas de despedida

Cuando regrese morena
quiero verte morena
quiero verte
en las calles de ayer
que cubrí con mi cuerpo
quiero verte morena
quiero ver tus ojos
de uvas
tu cuerpo guitarra
tu paso gacela

Cuando regrese morena
cuando regrese
a mi espacio robado
a mi espacio ultrajado
a mi pueblo de ayer
y de hoy
quiero escucharte morena
tu canto melodía
tu voz armonía
tu risa catarata

Cuando regrese morena
cuando regrese

WENN ICH ZURÜCKKEHRE, SCHWARZBRAUNES MÄDCHEN

Wenn ich zurückkehre
an den mir geraubten Ort,
an meinen geschändeten Ort,
in mein Dorf
von damals und heut,
möchte ich dich wiedersehen,
schwarzbraunes Mädchen,
möchte dich sehen im Tal,
welches wir eines Tages
mit Tränen des Abschieds näßten.

Wenn ich zurückkehre, schwarzbraunes Mädchen,
möchte ich dich sehen
in den Straßen von einst,
über die ich meinen Köper legte,
möchte dich sehen, schwarzbraunes Mädchen,
möchte deine Augen sehen,
deine Augen wie Trauben,
deinen Körper gleich einer Gitarre,
deinen Schritt, der dem einer
Gazelle gleicht.

Wenn ich zurückkehre, schwarzbraunes Mädchen,
wenn ich zurückkehre,
an den mir geraubten Ort,
an den geschändeten Ort,
in mein Dorf von einst
und heut,
möchte ich dich hören, schwarzbraunes Mädchen,
dein melodisches Lied,
den Wohlklang deiner Stimme,
dein Lachen, wie ein plätschernder Wasserfall.

Wenn ich zurückkehre,
schwarzbraunes Mädchen,

a mi espacio robado
a mi espacio ultrajado
a mi pueblo de ayer
y de hoy
quiero pintarte morena
pintarte morena
cuando regrese morena
cuando regrese
a mi espacio ultrajado
¡quiero pintar en tu cuerpo
el hijo robado!

wenn ich zurückkehre,
an den mir geraubten Ort,
an den geschändeten Ort,
in mein Dorf von einst und heut,
möchte ich dich malen, schwarzbraunes Mädchen,
dich malen, schwarzbraunes Mädchen,
wenn ich zurückkehre, schwarzbraunes Mädchen,
wenn ich zurückkehre,
an meinen geschändeten Ort,
möchte ich den uns geraubten Sohn
auf deinen Körper malen!

m Ramos m.

DÓNDE

¿Dónde estará mi torturador
en qué ocaso sembrará el olvido?

¿Recordará los gritos
de mi dolorido pecho?

¿Lo perseguirán mis ojos
mi quebrada voz?

¿Besará a su madre
mecerá a sus hijos
soñará mis sueños
mi torturador?

WO

Wo wird mein Folterer sein,
in welches Abendrot wird er das Vergessen säen?

Wird er sich der Rufe
meiner gequälten Brust erinnern?

Werden meine Augen ihn verfolgen,
meine gebrochene Stimme?

Wird er seine Mutter umarmen,
seine Kinder wiegen,
wird mein Folterer
meine Träume träumen?

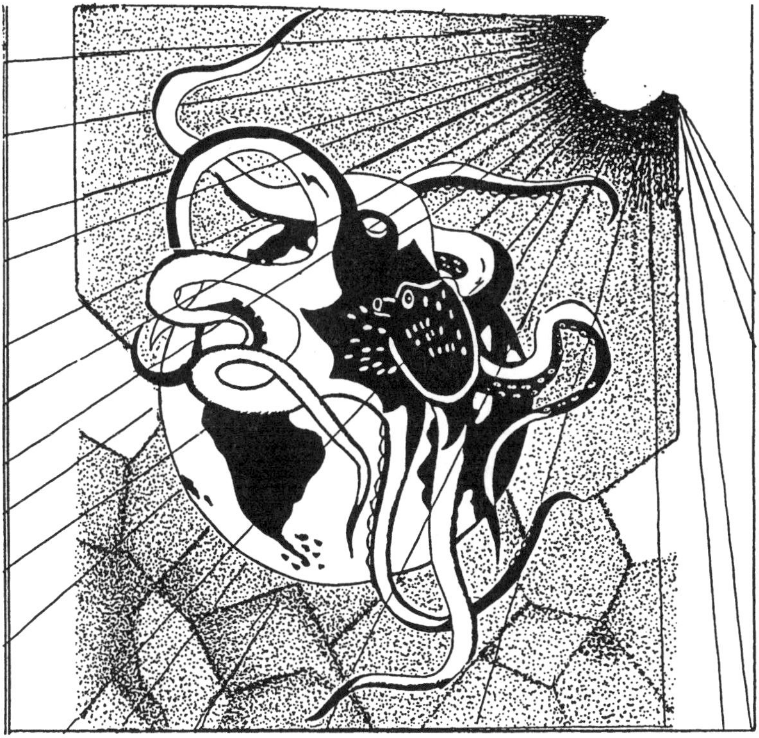

LA BARCA DEL PAPEL

A Gregorio Mena

La Barca de Papel viene navegando
entre mares y ríos caudalosos hace tiempo
quizás siglos que viene hendiendo
su proa en las aguas de la tierra
con su bauprés de pluma y tinta
escribiendo en la bitácora
las palabras de la vida
con su timón esperanza e ilusiones
capeando temporales.

Pero hoy la Barca está triste,
está llorando tu ausencia tripulante

¿A qué mares te fuiste a navegar mi Marinero?

¡Ah, ya sé!

„A trepar la cumbre de tu cerro hermoso
a escribir un poema con letras enormes
en el pizarrón de su ladera
a jugar con la luna de tu infancia"

DAS SCHIFFCHEN AUS PAPIER

für Gregorio Mena

Das Schiffchen aus Papier durchfährt seit
langen Zeiten Meere und mächtige Flüsse,
seit Jahrhunderten vielleicht, teilt
seine Bugspitze die Gewässer dieser Erde,
schreibt sein Bugspriet, Feder und Tinte,
die Worte des Lebens ins Logbuch,
mit seinem Kompaß, Hoffnung und Illusion
trotzt es Orkanen.

Heute aber ist das Schiffchen aus Papier bedrückt,
beweint die Abwesenheit der Schiffsbesatzung.

Nach welchen Meeren segelst du, mein Seemann?

Ich weiß,

„du erkletterst den Gipfel deincs wundervollen Hügels,
schreibst ein Gedicht mit riesigen Buchstaben
auf die große Tafel seiner Bergflanke
und spielst mit dem Mond aus deiner Kinderzeit.“

ENSUEÑO

Hoy te busqué presuroso de ansias
por las calles de antaño
y descubrí en sus esquinas de siempre
tus dulces ensueños de infancia

Si, hoy te busqué presuroso de ansias
por las calles de antaño
y conseguí encontrarte
en la última esquina de siempre
¡y vivir tu último ensueño de infancia!

TRÄUMEREI

Heute, von Sehnsucht getrieben,
suchte ich dich auf den Straßen von einst,
und an den altbekannten Straßenecken
entdeckte ich die süßen Träume deiner Kindheit.

Ja, heute, von Sehnsucht getrieben,
suchte ich dich auf den Straßen von einst,
und fand dich schließlich
an der letzten altbekannten Straßenecke
und erlebte den letzten Traum deiner Kindheit!

ALFONSINA

No sé qué detuvo tu mirada
quién durmió tus párpados
quién apagó tu voz

No sé qué truncó tus versos,
mariposa triste

Quién sembró la muerte
en la retina de tu alma, poetisa

¿Será acaso
el lamento ciego
de seres desterrados
en extrañas latitudes?

O el reloj anciano
desgajando tiempo,
apurando distancias
a la vida.

O quizás un desfile
de soldados iracundos
disparando ráfagas a la luna

¡No!, ni siquiera sé
en qué momento de la vida
el cielo
te negó el sol de primavera.
Sólo sé quo la idea de la muerte
estaba clavada tenazmente
en tu cerebro

Que eras esclava del dolor,
que tu alma solitaria
derramó gotas purpurinas
en la arena de una playa muy remota

Que tu muerte me entristece,
que quisiera rescatarte,
curarte las heridas,

ALFONSINA

Ich weiß nicht, was deinen Blick brach,
wer deine Lider schloß,
wer deine Stimme löschte.

Ich weiß nicht, was deinen Vers entstellte,
trauriger Schmetterling.

Weiß nicht, Dichterin, wer den Tod säte
in der Netzhaut deiner Seele.

Das blinde Klagen
vielleicht,
von Menschen, die das Schicksal
in ferne Länder verschlagen?

Oder die alte Uhr,
die die Zeit abhackt,
dem Leben
an Dauer nimmt.

Vielleicht der Zorn
vorbeimarschierender Soldaten,
die Salven zum Mond feuern.

Ich weiß auch nicht,
wann in deinem Leben
dir der Himmel
die Frühlingssonne verwehrte.
Ich weiß nur, daß der Tod
beharrlich sich deiner Gedanken
bemächtigte.

Weiß, daß du dem Schmerze Sklavin warst,
daß deine einsame Seele
purpurne Tropfen über den Sand
eines sehr fernen Meeresstrandes goß.

Weiß, daß dein Tod mich traurig stimmt,
daß aus den Fluten ich dich
heben möchte,

novia dolorosa,
eterna enamorada de la muerte

Que es necesario
haber sufrido
sin compasión
para saber
lo que vivías

Por eso tan sólo sé que ese mar
sin espacio y sin medida
te acaricia con sus olas comprensivas
y te escucha las silenciosa
confesión de tus recuerdos

Que bajo sus aguas turbulentas
tu cuerpo mudo y solitario
vive la vida de las flores submarinas,
que escribes odas
con fragor a caracolas
y sirenas
al compás dulce
de las rondas de sus olas.

deine Wunden heilen,
gequälte Braut, ewig verliebt in den Tod.

Ich weiß,
wie unerläßlich es ist,
mitleidlos zu leiden,
um zu erahnen,
was du durchlebtest.

Ich weiß daher nur eines: daß dieses Meer nämlich,
ohne Raum, ohne Maß,
dich liebkost mit seinen wissenden Wogen,
und dem stillen Gedächtnis
deiner Erinnerungen lauscht.

Ich weiß, daß in seinen trüben Wassern
dein schweigender Körper
einsam das Leben der Meeresblumen lebt,
mit den Tönen der Meeresschnecken
und Sirenen
Oden schreibt
im zarten Rhythmus
von Ebbe und Flut.

CADENAS

Cuando atado a las
cadenas
de una cárcel muy remota
me invadió
la oscuridad de las noches mortecinas
la palabra agobiada de silencio
la ausencin del tumulto
con sus pasos de avenidas

Comprendí
con profunda inmensidad:
La melancólica tristeza
de los pájaros enjaulados
La angustia de agua
de los peces en la pecera
La agonía gris
de tanta vida encarcelada.

KETTEN

Als vor langer Zeit
in einem Gefängnis
in Ketten gelegt ich war,
die Dunkelheit der trüben Nächte
über mich hereinbrach,
das vom Schweigen gebeugte Wort,
und das Fehlen
belebter Straßen ich verspürte,

verstand ich
zutiefst
die schwermütige Traurigkeit
eingesperrter Vögel,
die Angst der Fische,
wenn zu wenig Wasser im Teich,
die graue Agonie,
wegen so vielen Lebens in Gefangenheit.

CUANDO EL ALMA

Cuando el alma
está serena
su tacto resucita
y toca con dulzura
tu cuerpo
cincelado
por el tiempo

Es que el alma
en reposo
es atenta
muestra diáfano
el rostro
de tus sueños

se hace amiga de tu voz
y sus pasos
te acompañan
en silencio

WENN DIE SEELE

Wenn die Seele
heiter ist,
erwacht ihr Rhythmus zu neuem Leben
und berührt sanft
deinen Leib
gezeichnet
von der Zeit.

Die Seele nämlich
wenn sie ruht
ist wachsam
und zeigt klar
das Antlitz
deiner Träume.

Sie schließt Freundschaft mit deiner Stimme
und ihre Schritte
begleiten dich
in schweigender Stille.

DESCONSUELO

Doloroso transeúnte
de esta vida
vagabundo de tristeza
indefinible
no mueras
de inútiles ideas
apagadas
no mueras de la nada

¡Ven levántate!
Mira el pan
que da el manzano
siente el beso de agua
que da el cielo
siente el sol
sobre tu frente
como enciende
de esperanza
tus ideas

Vagabundo de tristeza
indefinible
no mueras
de inútiles ideas
apagadas
no, no mueras
de la nada

TROSTLOSIGKEIT

Gequälter Wanderer
in diesem Leben
Vagabund unerklärbarer
Traurigkeit
du stirbst nicht
von sinnlosen
erloschenen Gedanken
du stirbst nicht einfach so

Komm, richte dich auf!
Betrachte das Brot
vom Apfelbaum
spür die Umarmung
des Wassers vom Himmel
spür die Sonne
auf deiner Stirn
wie sie
deine Hoffnung
deine Gedanken anregt

Vagabund
unerklärbarer Traurigkeit
du stirbst nicht
von sinnlosen
erloschenen Gedanken
nein,
du stirbst nicht einfach so

ESTATUA

Un extraño llanto
una inmensa lágrima
ahogó los ojos
ahogó los sueños
inundó el cuerpo
de aquella estatua

ni la luna llena
ni el cantar del niño
ni el más bondadoso
pudo abrir sus ojos
revivir sus sueños
rescatar su cuerpo

Ahora yace alegre
ya no es más cemento
lleno de palomas
Ya no hay más ofrendas
tan llenas de flores
ya no hay más miradas
tan llenas de oraciones
tan llenas de lamentos
tan llenas de cemento

STATUE

Ein seltsames Weinen
eine riesige Träne
ertränkte die Augen
ertränkte die Träume
überschwemmte den Leib
jener Statue

nicht der Vollmond
nicht das Singen des Kindes
nicht der gütigste Mensch
konnte ihre Augen öffnen
ihre Träume zum Leben erwecken
ihren Körper vom Grunde heben

Nun ruht sie froh
ist nicht mehr nur Beton
von Tauben bevölkert
erhält nicht mehr
blumenreiche Gaben
Blicke
von Gebeten begleitet
von Wehklagen
von Beton

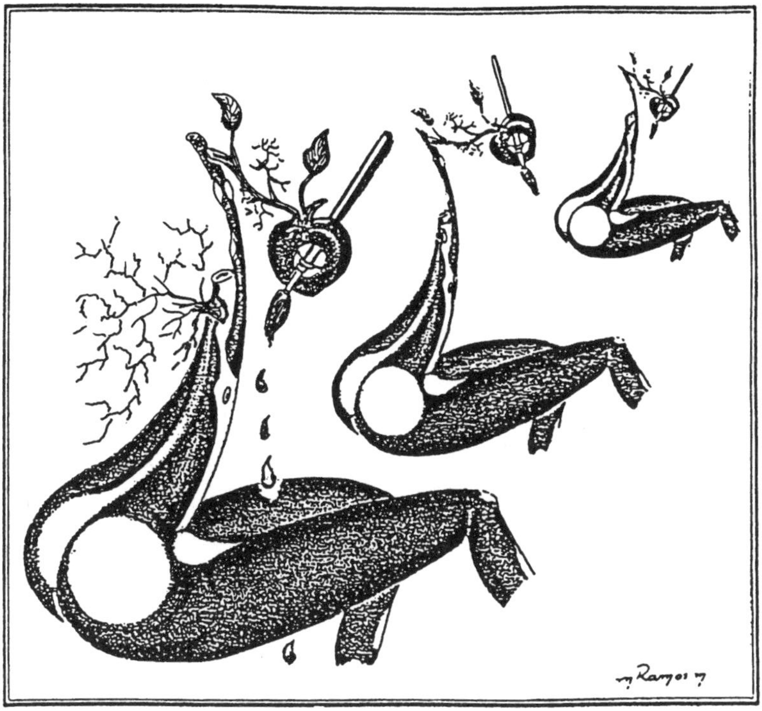

GRITO PRISIONERO

Grito con lamento prisionero
a la época callada de tristeza
arbol mutilado por los años
donde reposamos nuestros regazos,
promesas prematuras
y sueños olvidados

A la sombra nostálgica
y sonámbula
que pasea sus heridas
en las noches solitarias
verbo oscuro y olvidado
que perdió una mañana
su grata resonancia.

Grito con lamento prisionero
a la época callada de tristeza
al hombre cambiaron
su nombre verdadero
por el nombre vergonzoso
de „Extranjero“

KLAGE EINES GEFANGENEN

Ich klage das Los des Gefangenen
der stillen traurigen Zeit,
Baum, von den Jahren gezeichnet,
worin wir unseren Schoß betten,
unsere voreiligen Versprechungen
und vergessenen Träume.

Im sehnsuchtsvollen
schlafwandlerischen Schatten,
der seine Wunden zur Schau stellt
in den einsamen Nächten,
rätselhaftes und vergessenes Wort,
das eines Morgens
seinen angenehmen Widerhall verlor.

Ich klage das Los des Gefangenen,
der stillen traurigen Zeit.
Man hat nämlich dem Mann seinen
wahren Namen
gegen einen schandvollen eingetauscht:
Man nennt ihn nun einen „Fremden“.

EL CASTIGO

Me castigo
a vivir lejos
a perseguirte con mi ausencia
país de mis ensueños
país de mi infancia

Me castigo
a no pisar tu suelo
a no esconderme
en tus entrañas
a no jugar tus juegos

Me castigo
a no bañarme
con tus besos
a no dormirme
en tu mirada
a no soñar tus sueños

Me castigo
a ser eterna latitud
extraviada de tu ruta
mientras existan
bocas de acero
bañando de sangre
tus senderos

DIE STRAFE

Es ist meine Strafe,
von dir entfernt zu leben,
dich zu verfolgen mit meinem Fernesein,
Land meiner Träume,
Land meiner Kindheit.

Es ist meine Strafe,
nicht deinen Boden zu betreten,
mich nicht zu verbergen
in deinem Inneren,
deine Spiele nicht zu spielen.

Es ist meine Strafe,
mich nicht zu nässen
mit deinen Küssen,
nicht Schlaf zu finden
in deinem Blick,
nicht zu träumen deine Träume.

Es ist meine Strafe,
ewig fern zu sein,
abseits deines Weges,
solange es
Stahlschlünde gibt,
die deine Pfade
in Blut tränken.

MENSAJERO

Encanecido mensajero
caminante de pálidos
párpados caídos
viajero agobiado
de distancias
patriarca de sombras
del olvido

Pregúntale
te lo pido
pregúntale
al bastión
de tus vivencias
el, ¿por qué?
de la triste historia
de banderas y fronteras
si es uno solo
el cielo que cubre
e ilumina
como azul espejo

¿Qué estrella
mantiene al sueño
detenido persistentemente
en la memoria?

¿Por qué el dolor
se acrecienta tanto
en el silencio
hasta llegar
al fondo de los huesos?

¿O es que vagaste ciego
indolente
en las estaciones
de la vida?

BOTE

Ergrauter Bote,
Wanderer mit fahlen
schlaffen Lidern,
gebeugter Reisender
auf langen Wegstrecken,
Herrscher über Schatten
des Vergessens,

frage,
darum bitte ich,
frage,
ich flehe dich an,
kraft deiner Erfahrungen,
nach dem Warum
dieser traurigen Geschichte
von Fahnen und Grenzen,
wenn es doch
nur einen Himmel gibt,
der alles bedeckt und erleuchtet
wie spiegelndes Blau.

Welcher Stern
erhält am Leben jenen Traum,
den das Gedächtnis
beharrlich zurückhält?

Warum wächst
im Schweigen
der Schmerz so sehr,
daß er
an die äußersten Grenzen stößt?

Oder bist du blind
und sorglos
zwischen den Jahreszeiten des Lebens
umhergeirrt?

¿O acaso
jubilado patriarca
el tiempo inmarcesible
te extravió hacia la nada?

Oder bist du etwa,
ausgedienter Herrscher,
der unaufhaltbaren Zeit
im Nichts abhanden gekommen?

NACENCIA

Voy despertando
de un sueño de música
turbia
del polen sin vida
esparcido por tierra agrietada
de un cielo de luz
apagada

Estoy encendiendo
la cándida luz
de mis ojos
naciendo a tu canto
de pájaro alegre
a tus besos
de fresas silvestres
a tus senos
de savia naciente
a tu alma
de niña
silente

GEBURT

Ich erwache langsam
aus einem Traum
unruhiger Musik
leblosen Pollenstaubes
verstreut über rissige Erde
eines Himmels
ausgelöschten Lichtes

Ich entzünde
das keusche Licht
meiner Augen
die erwachen
durch dein Lied
wie von einem fröhlichen Vogel
von deinen Küssen
wie Wildbeeren im Wald
an deiner Brust
gleich neu entstehendem Nektar
für deine Seele
wie von einem stillen schweigsamen Mädchen

NO QUIERO SER AQUEL

No,
no quiero ser aquél
que usa
zapatos de charol
el que viste
Pierre Cardin
el paseante vanidoso
de la calle principal
el locuaz aquél
que visita noche a noche
los cafés
el que despierta con la luna
y se duerme con el sol

No
no quiero ser aquél
ausente
de la tarde de los niños
de la aurora
el ocaso
y el jardín

No
no quiero ser aquél
cartel enajenado
el prisionero
de luces artificiales
y tristes murallas de cartón

No
no quiero ser aquél.

ICH MÖCHTE NICHT DERJENIGE SEIN

Nein,
ich möchte nicht derjenige sein,
der Schuhe trägt
aus Lackleder,
Anzüge
von Pierre Cardin,
nicht flanierender Passant
auf der eleganten Hauptstraße,
nicht jener Schwätzer,
der jede Nacht
in den Cafes herumsitzt,
mit dem Mond erwacht
und mit der Sonne schlafen geht.

Nein,
ich möchte nicht derjenige sein,
der abwesend ist
von den Kindern am Nachmittag,
am Morgen
und beim Sonnenuntergang
oder im Garten.

Nein,
ich möchte nicht
das seltsame Wandplakat sein,
Gefangener
von Neonlichtern,
von tristen Stellwänden aus Pappe.

Nein,
ich möchte nicht derjenige sein.

NOCHE

¡Noche, despierta!
Abre tus ojos
de luces
alza tu brazo alunado

e invita al mar
azulado
a mirarse en tu esfera
plateada

¡Noche, despierta!
Y baña mi alcoba
de amor.

NACHT

Erwache, Nacht!
Öffne deine Augen
aus Licht,
erhebe deinen mondwandlerischen Arm

und lade
das blaufarbene Meer ein,
damit es sich in deinen silbrigen Sphären
widerspiegeln möge.

Erwache, Nacht!
Ertränke mein Gemach
in Liebe.

¡OH, GUERRA!

¿Por qué les impides
ser niños?
¿por qué los ausentas
del amor?

¿por qué los dejas
caminar descalzos
por la arena gris
del temporal?

¿Por qué les arrebatas
la alegría y las gratas
fantasías?

¡Oh guerra! ...
déjalos ser niños!

Si son
carboncitos abrigadores
terciopelo de las sábanas
besos de la piel!

ACH, KRIEG!

Warum raubst du den Kindern
die Kindheit?
Warum raubst du
die Liebe ihnen?

Warum läßt du
sie barfuß laufen
auf dem grauen Sand
stürmischer Zeit?

Warum raubst du
ihnen Frohsinn
und ihre Kinderphantasien?

Ach, Krieg!
Laß sie Kinder sein, unsere Kinder!

Sie sind doch
wie wärmender Koks,
wie samtenes Linnen,
wie Küsse der Haut!

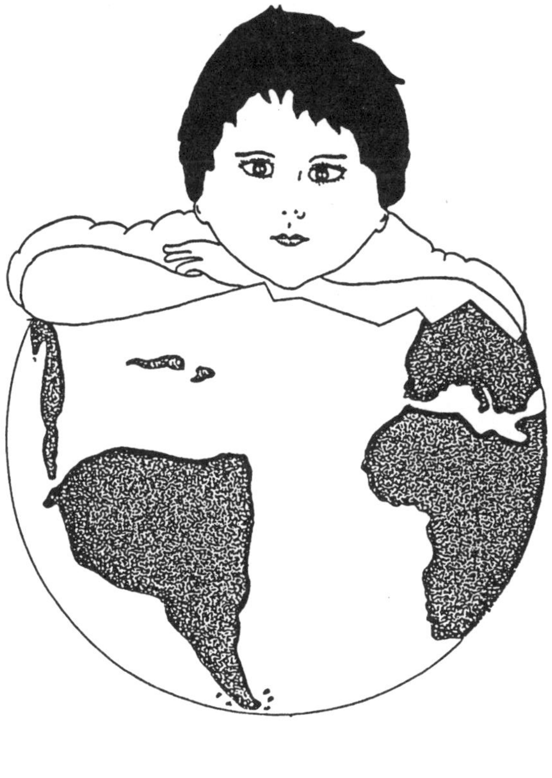

PAZ

Te he buscado en el sol primero
de mi nunca
olvidada infancia

En los rostros de las multitudes
en el perseguir
de sus miradas

En mis sueños
de noches sin lunas y sin estrellas
en la eterna oscuridad de sus caminos

En los trozos
de ríos y mares desolados
en sus apacibles
aguas no inquietadas

En la luz
de las palabras
que inundan tiernamente
nuestras almas

En las hojas secas
de un bosque
que un mal día
traicionó la primavera

En los desesperados rincones
donde yacen
los minúsculos cuerpos
de las criaturas del ayer

¡Sí
He recorrido incansablemente
esperanzado y sin temor
las montañas y el abismo
en busca de tu esencia

FRIEDE

Ich suchte dich
in der aufgehenden Sonne
meiner unvergessenen Kindheit.

In den Gesichtern
der Menge,
in ihren Blicken.

Ich suchte dich
in den Träumen mondleerer Nächte ohne Sterne,
im ewigen Dunkel ihrer Bahnen.

In verlassenen Gegenden
von Flüssen und Meeren,
in ihren friedlichen Wassern,
durch nichts getrübt.

Im Lichte
der Wörter,
die sanft
unsere Seelen umspülen.

Ich suchte dich
in den welken Blättern des Waldes,
der eines unheilvollen Tages
den Frühling verriet.

In den verzweifelten Winkeln,
wo winzige Körper
der Geschöpfe
von gestern ruhen.

Ja,
furchtlos und voll Hoffnung
durchwanderte ich
unermüdlich Gebirge und Schluchten,
auf der Suche nach deinem Wesen.

Me hice amante de la soledad
en el camino
y he traicionado su silencio
preguntándole:

¿Dónde está?
¿En qué aposento habita
la Reina de los pies dormidos?

¡La Ninfa de los ojos muertos!

Ich verliebte mich
in die Einsamkeit auf meinen Wegen,
und habe ihr Schweigen verraten,
ich habe sie gefragt,

wo sie denn bliebe,
in welcher Herberge
die Königin des Friedens,
die Königin der ruhenden Schritte weile,

die Elfe der toten Augen.

QUIERO SER Y NO SOY

Quiero ser noche
y no soy
Quiero ser sol
y no soy
Quiero ser mar
y no soy
Quiero ser tierra
y no soy
Quiero ser tú
y no estás
y
NO SOY
Quiero ser noche
y no soy
ni luna ni estrellas
Quiero ser sol
y no soy
ni su luz ni su sombra
Quiero ser mar
y no soy
ni agua ni arena
Quiero ser tierra
y no soy
ni árbol ni fruto
Quiero ser tú
y no estás
Y NO SOY
ni luna ni estrellas
ni su luz ni su sombra
ni agua ni arena
ni árbol ni fruto
y no estás
y no soy

MÖCHTE SEIN UND BIN NICHT

Möchte Nacht sein
und bin nicht
Möchte Sonne sein
und bin nicht
Möchte Meer sein
und bin nicht
Möchte Erde sein
und bin nicht
Möchte du sein
und du bist nicht hier
und
ICH BIN NICHT
Möchte Nacht sein
und bin
weder Mond noch Stern
Möchte Sonne sein
und bin
weder ihr Licht noch ihr Schatten
Möchte Meer sein
und bin
weder Wasser noch Sand
Möchte Erde sein
und bin
weder Baum noch Frucht
Möchte du sein
und du bist nicht hier
und
ICH BIN
weder Mond noch Stern
weder ihr Licht noch ihr Schatten
weder Wasser noch Sand
weder Baum noch Frucht
und du bist nicht hier
und ich bin nicht

SE FUERON LOS PAJAROS

Se fueron los pájaros!
Se fueron los pájaros!
Se fueron a otra galaxia!

Corría y gritaba
subía y bajaba
las calles del pueblo
paraba y sudaba
y volvía a correr y a gritar

Se fueron los pájaros!
Se fueron a otra galaxia!

La gente del pueblo
muy sorprendida decía:
es Mameluco el niño del valle
que es vagabundo
y que ahora está loco
¡sí! ¡sí!
Es Mameluco el niño del valle
que es vagabundo
y que ahora está loco

Y repetían
en todas las calles
las mismas palabras

Los más pequeños decían
como va a haber pájaros
si estamos en invierno

Finalmente tomaron
a Mameluco
y lo encerraron en un hospital

Y pasaron los días
y las semanas
hasta que por fin
llegó la primavera

DIE VÖGLEIN SIND FORTGEFLOGEN

Die Vöglein sind fortgeflogen!
Die Vöglein flogen fort
in andere Galaxien!

Und er rief und er lief,
hinauf und hinab,
die Straßen des Dorfes entlang,
hielt inne, ihm tropfte der Schweiß,
und da lief und da rief er erneut:

Die Vöglein sind fortgeflogen!
Fort in andere Galaxien!

Und da meinten die Leute
vom Dorfe erstaunt,
es ist Mameluco, der Junge vom Tal,
Mameluco, der Vagabund,
ist verrückt jetzt,
ja doch,
Mameluco, der Junge vom Tal,
Mameluco, der Vagabund,
ist verrückt jetzt, verrückt.

Und sie wiederholten
dieselben Worte
in allen Straßen immerfort.

Es meinten die Kleinsten,
daß es Vögel nicht gäbe,
jetzt in der Winterszeit.

Haben am Ende
Mameluco geholt
und ins Krankenhaus eingesperrt.

Und die Tage vergingen,
es vergingen die Wochen,
bis endlich es Frühling geworden.
Aber etwas noch fehlte,

Pero algo faltaba
los niños lloraban
los perros ladraban
y las flores caían

La gente del pueblo
se puso muy triste
miraban el cielo
y el cielo lloraba
se fueron al mar
y sus olas no estaban

La gente se desesperó
y no hallaba qué hacer
de pronto escucharon
un ruido
era un pajarito
su nombre es zún zún
traía en su pico
la siguiente leyenda
„nosotros nos fuimos
el aire está sucio
y no queremos morir“

La gente se puso a llorar ...
y un grito los hizo parar

Era Mameluco
el nino del valle
que se había arrancado
del hospital
que corría y gritaba

Se fueron los pájaros!
Se fueron a otra galaxia!

La gente del pueblo
por fin comprendía
y le preguntaron a Mameluco

Mameluco dinos por favor
¿por qué el aire está sucio

denn die Kinder,
sie weinten,
und es bellten die Hunde,
die Blumen welkten dahin.

Die Leute vom Dorfe
sind traurig geworden
und schauten zum Himmel,
zum Himmel, der weinte,
und sie gingen zum Meer,
das keine Wellen mehr trug.

Verzweifelt und ratlos
die Leute nun waren,
und bald sie vernahmen
eines Vögleins Geräusch.
Zún-Zún war sein Name,
das trug in seinem Schnabel
die folgende Sage:
wir sind fortgeflogen,
weil die Luft
nicht mehr rein
und wir doch nicht sterben wollen.

Und da weinten die Leute,
bis ein Rufen sie hörten.

Es war Mameluco,
der Junge vom Tal,
entflohen
dem Krankenhause,
und er lief und er rief:

Die Vöglein sind fortgeflogen!
Fort in andere Galaxien!

Die Leute vom Dorfe
hatten endlich verstanden
und fragten den Jungen vom Tal:

Sag uns Mameluco:
warum ist die Luft nicht mehr rein,

a tal punto que los pájaros
nos abandonan?

Les voy a contar
pero antes voy a subir la montaña
y así todos podrán escuchar

Subió la montaña y se puso a contar:

Su voz atravesó continentes
navegó por los mares
chocó con las nubes
y se puso a llover

El aire está sucio
de tanta maldad
se venden armas
de distintos tamaños
buques de acero
aviones veloces
soldados de plomo
con balas de cobre
cajas de humo con distintos
sabores
unas para la piel
otras para los ojos
y hay otras que son
mucho más grandes
se llaman cohetes
de distintos colores
según la ocasión

La gente se puso a pensar
y le preguntaron
Mamelucom ¿qué podemos hacer?

Juntar nuestros brazos
unir nuestras voces
marchar por las calles
luchar por la paz
y la libertad.

warum
sind die Vöglein fortgeflogen?

Das künd ich euch gerne
von den Bergen herab,
damit ihr alle es höret.

Und er stieg auf die Berge und begann zu erzählen.

Er durchquerte Kontinente mit seiner Stimme,
bereiste die Meere,
streifte die Wolken des Himmels,
bis Regen herniederfiel.

Die Luft ist nicht rein
weil die Welt gar nicht gut,
weil man Waffen verkauft
in allen Größen,
Schiffe aus Stahl
und Flugzeuge, Jets,
Soldaten aus Blei,
aus Kupfer die Kugeln,
Behälter mit Gasen,
schädlich
für Augen und Haut,
weil man
Raketen verkauft
– wie schlimm –
aus verschiedenen Farben,
entsprechend,
wofür sie gedacht.

Die Leute überlegten
und fragten:
Mameluco, was sollen wir tun?

Da sprach Mameluco:
Wir müssen die Hände uns reichen,
unsere Stimmen vereinen.
Wir müssen auf den Straßen marschieren
und kämpfen für Freiheit und Frieden!

SÍ

A Eduardo Galeano

Si un sordo
que vive ajeno a los sonidos

si un ciego
ausente de la aurora y el paisaje

si un manco
que no deja huellas digitales
en la tierra

si un mudo que no puede discrepar

¡y si hasta una criatura
que no acaba de nacer!
Siente:
la injusticia
perforando el fondo de los huesos
de América Latina

JA, SELBST

für Eduardo Galeano

Selbst ein Tauber,
dem der Klang fremd.

Selbst ein Blinder,
der das Licht und die Natur nicht sehen kann.

Selbst ein Lahmer,
der in der Welt
keine Spuren hinterläßt

Selbst ein Stummer, der sich nicht äußern kann.

Ja, selbst ein Neugeborenes
fühlt
das Unrecht,
das Lateinamerika durchbohrt,
bis zum Grunde seiner Existenz.

SI ALGUN DIA

Si algún día
mi voz
no rompiera
tu silencio
ni mis ojos
mirar tu mirada
pudieran.

Ni siquiera arrancarme
de mi pecho
un suspiro
de palabras detenidas
posible sea.

No me dejes
en tu mente prisionero
no ensombrezcas
el camino de martirios
y en dolor
estalles repentina
solo guarda
amada mía
mi sombra de recuerdo.

WENN EINES TAGES

Wenn eines Tages
meine Stimme
nicht mehr
dein Schweigen brechen
noch meine Augen
deinen Blick
sehen können

wenn aus meiner Brust
nicht einmal mehr
ein Seufzer
verhaltener Worte
dringt

halte mich nicht gefangen
in deinen Gedanken,
verdunkle
nicht den qualvollen Weg,
verhalte
den plötzlichen Schmerz,
hüte nur,
Geliebte,
meinen Schatten als Erinnerung.

SÍ Y PERO

Si algún día fuera
donde acarician las palabras
donde se derraman
como luciérnagas
iluminándolo todo
estoy seguro
que entraría cabalgando
cual Quijote
a tu alma
poeta enamorado
de la vida y de la muerte
Y si algún día fuera
donde mueren las palabras
donde se oscurecen como noches
sin luna y sin estrellas
estoy seguro
que entraría tristemente dolorido
a tu alma
fabricante de armas
mercader de muerte
y grises artificios
Pero y si algún día fuera
donde viven tiernas,
dulces, cándidas las palabras
estoy seguro
que entraría cabizbajo, mudo de
vergüenza
a tu alma
inocente niño de torso desnudo
y ojos acuosos.

JA UND ABER

Sollte ich eines Tages dort sein,
wo Worte zärtlich streicheln,
wo Worte sich ausbreiten
wie Leuchtkäferchen, die alles erhellen,
werde ich sicherlich,
galoppierend gleich Don Quijote,
deine Seele erstürmen,
verliebter Dichter,
verliebt in das Leben und in den Tod.

Sollte ich eines Tages dort sein,
wo die Worte sterben,
wo sie wie Nächte
ohne Monde und ohne Sterne
sich verfinstern,
werde ich sicherlich
traurig und schmerzerfüllt
in deine Seele eindringen,
Erbauer von Waffen,
der mit dem Tod handelt
und mit grauen Geschützen.

Aber sollte ich eines Tages dort sein,
wo liebe und sanfte,
aufrichtige Worte weilen,
werde ich sicherlich
mit gesenktem Haupt,
stumm vor Scham,
mich deiner Seele nähern,
unschuldiges Kind,
nacktes, mit feuchten Augen.

TODO

Todo se transforma
Todo

la noche con sus manos estrelladas
en áurea de mieles y trigales

tu voz, tus pasos y tu mirada adolescente
en susurro de savias germinales

Todo se transforma.
Todo

el beso de agua
en mares y ríos caudalosos

tu huesos, tu carne
que sostienen la estatura de tu alma

en polvo
en árbol
en flor
en fruto
en vino

Todo se transforma
Todo.

ALLES

Alles wandelt sich.
Alles

die Nacht mit ihren Sternenbahnen
honiggold und weizenfarben

deine Stimme, deine Schritte, dein Blick
eines Heranwachsenden im Raunen keimender Kraft

Alles wandelt sich.
Alles

der Kuß des Wassers
in Meeren und mächtigen Flüssen

deine Knochen, dein Fleisch,
die das Gerüst deiner Seele stützen

Alles wandelt sich
zu Staub
zu einem Baum
zu einer Blume
zu einer Frucht
zu Wein

Alles wandelt sich.
Alles.

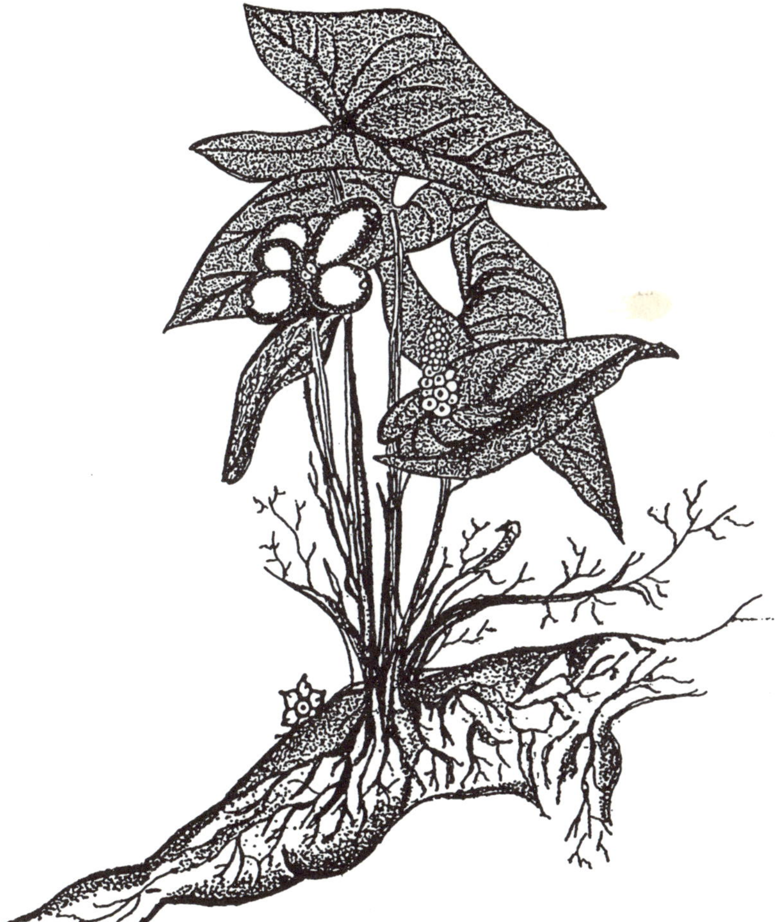

TOÑO

Se llamaba Antonio
¿no te acuerdas de él?

Nació en la orilla del río
atrás, en el monte
abajo de él

¡Al que llamábamos Toño!
el que dibujó un sol en el río
liberó mariposas
e hizo danzas de hojas

¿No te acuerdas de él?

el que andaba descalzo
y se construyó
unos zapatos de barro
el que sembró la tierra
de trigo
y fabricó
un muñeco de trapo

¡Al que llamábamos Toño!

el que no tenía
fronteras
el que gritó a los vientos
palabras profundas de justa razón ...

¡A él, al que llamábamos Toño!
los que izan banderas
los que usan fusiles
y marchan airosos
lo mataron ayer

TONI

Antonio hieß der Junge
weißt du noch?

Am Ufer des Flusses kam er zur Welt
dort hinten beim Hügel
unten am Hang

Wir nannten ihn Toni!
Ihn, der eine Sonne in den Fluß zeichnete,
Schmetterlingen die Freiheit schenkte
und die Blätter tanzen ließ

Weißt du noch?

Ihm, der barfuß ging,
sich Schuhe machte aus Lehm
der Weizensaat streute
und aus Fetzentüchern ein Püppchen schuf

Wir nannten ihn Toni!

Ihn, der keine Grenzen kannte,
der gegen den Wind
schwerwiegende Worte
gerechten Sinnes rief

Weißt du noch?
Wir hatten ihn Toni genannt!

Die Fahnenhisser,
die Gewehrträger
und stolzen Maschierer,
sie haben ihn gestern getötet.